Kriminal Tango ist eine Folge von Geschichten aus dem Oberland. Dieses Oberland liegt im Süden Bayerns ungefähr zwischen der Wetterwarte auf dem Hohen Peißenberg und dem Sonnenobservatorium am Wendelstein. Dazwischen, genauer gesagt an einem grünlichen Fluss namens Isar, wuchsen die beiden Helden unserer Geschichten heran. Und wie viele Jugendliche kamen auch sie eines Tages dahinter, dass in dieser Welt so manches schiefläuft. Möglicherweise war auch einiges gelogen, was Eltern, Fernsehmoderatoren und Lehrer ihnen erzählt hatten. Sie fühlten diese diffuse Sehnsucht nach einer anderen, geheimen, aber wahren Welt. Ein zwielichtiges Land musste es sein, mit einsamen Tälern und dunklen Gestalten, eine Unterwelt musste es geben, irgendwo zwischen Wetterwarte und Sonnenobservatorium.

Kriminal Tango

Die Unterwelt im Oberland

von Jürgen Reif

Mit Fotos von Nurşen Özlükurt

Kriminal Tango
Die Unterwelt im Oberland

Bibliografische Information der Deutschen Nationalbibliothek:
Die Deutsche Nationalbibliothek verzeichnet diese Publikation in der Deutschen
Nationalbibliografie; detaillierte bibliografische Daten sind im Internet über
http://dnb.d-nb.de abrufbar.

© 2007 Jürgen Reif, Bad Tölz
Fotos: Nurşen Özlükurt
Zeichnungen und Layout vom Autor
Herstellung und Verlag: Books on Demand GmbH, Norderstedt
ISBN-13: 978-3-8370-1232-3

Kriminal Tango erschien 2007 als Folge von Kurzgeschichten in der Wochenzeit-
schrift *O´Sieben* (www.o-sieben.de)

Grußwort

Liebe Kolleginnen und Kollegen, verehrte Mitbürger,

für mich als Ehrenvorsitzender der hiesigen Verbrechervereinigung ist das Erscheinen dieses Buches eine große Freude. Machen wir uns doch nichts vor, die Lage für uns Kriminelle hat sich in den letzten Jahren geradezu dramatisch zugespitzt. War unser Berufsstand in den Zeiten von Robin Hood fast auf einer Ebene mit dem Hochadel angesiedelt und konnten wir im vorletzten Jahrhundert noch mit Volkshelden wie dem Räuber Kneißl aufwarten, so sind wir in der Gegenwart entweder der puren Lächerlichkeit preisgegeben (Kollege Hotzenplotz) oder unterliegen dem Generalverdacht, nichts als speichelsabbernde Triebtäter zu sein, Existenzen, die in der Gesellschaft als Einzelwesen keinen Platz haben dürfen. Für alle ehrlichen Falschspieler, Zechpreller, Diebe, Heiratsschwindler, Finanzbetrüger, Taschenräuber etc., welche ihren Beruf noch immer als Fortführung einer Jahrtausende alten Tradition begreifen, ist das eine tragische Geschichte. Aus Platzgründen will ich hier gar nicht auf die kulturhistorische Dimension dieser Entwicklung eingehen, sondern verweise auf einen meiner Vorträge, den ich bereits im Hinterzimmer unseres berühmten Stammlokales gehalten habe. Nur so viel: immer bloß dem Staat oder der Gesellschaft die Schuld zu geben, das hilft uns auf die Dauer allein nicht weiter. Jeder von uns muss sich selbst fragen, wo seine Wurzeln sind, nur dann können wir auch handeln. Insofern ist das vorliegende Buch ganz in meinem Sinne: der Autor berichtet freimütig von Kindheit und Jugend, erzählt von seinem persönlichen, mit vielen Steinen gepflasterten Weg zur Kriminalität. Vielen von uns alten Hasen wird es beim Lesen sicherlich warm ums Herz werden, denken wir doch sogleich zurück an unsere eigene Zeit, vor so vielen Jahren. Ich selbst sehe mich leichtfüßig und akrobatisch die Fassade einer vornehmen Villa empor klettern, die Fenster waren umwachsen von wilden Rosen, an denen man sich manchmal stach. Genau erinnern kann ich mich noch an den nächtlichen Duft der Rosenblüten, ein Duft der damals in mein Fühlen eindrang wie der Glasschneider in die Scheibe, zuerst nur ein kleiner Ritz, dann ein handtellergroßes Loch und schließlich war der Raub einer ganzen Kiste mit Goldschmuck nur noch ein Kinderspiel. Ich war Räuber und Beraubter im selben Moment.

Aber halt, es soll ja hier nicht um mich gehen, sondern um die Geschichten, welche der Autor und sein Kumpan Alfredo erlebt haben, Geschichten, die in den Ohren von uns Kriminellen klingen wie Musik. In diesem Sinne wünsche ich allen Freunden der echten Gesetzesbrecherei viel Spaß und Inspiration beim Lesen. Wer sich für Details interessiert, wird bei den örtlichen Behörden gewiss bereitwillig Auskunft erhalten.

Mit den besten Wünschen

Goldkisten-Johannes

Tiefe Gruben

Es war einmal vor langer Zeit, da saßen Alfredo und ich am Ufer eines grünlichen Gebirgsflusses und beschlossen Verbrecher zu werden. Wir waren jung und die Sonne stand hoch am Himmel, da wollten wir uns nicht mehr damit begnügen, Worte von den Plakatwänden abzulesen. Go West. Billig. Heizöl vom Fachmann. Worte auf dünnes Holz geklebt, Worte wie Schatten auf der Seele. Hinter diesen Worten war nur dieses dünne Holz und die Angst, mit diesen Worten zu vermodern.

Wenn wir erst einmal Verbrecher wären, so dachten wir, gäbe es diese Probleme nicht, als Verbrecher ist man frei und lebt nach seinen Herzenswünschen. Beschenkt wird man dabei stets mit der Aufmerksamkeit von Polizisten und Lokalpresse, von den Frauen ganz zu schweigen.

Während wir so sprachen, ging vor uns ein Kurgast vorbei. Diese Kurgäste in unserer Stadt waren damals noch alt, dick, behäbig, dumm, konservativ, klugschwätzerisch, laut, primitiv, besitzergreifend, gefräßig, wichtigtuerisch, norddeutsch – kurz und gut ein perfektes Feindbild, noch dazu zum Greifen nah.

Was also tun? Die Tourismusunternehmen in unserer Gegend standen in starker Konkurrenz zueinander, und wir wussten, dass die Hotels in Tirol für jeden Kurgast, der ihnen lebendig ausgeliefert wurde, eine gute Stange Geld bezahlen würden. Alles Weitere lag auf der Hand: entlang des Wanderwegs an der Isar würden wir Fallgruben graben, diese gut tarnen und die Kurgäste nach und nach in diesen Gruben verschwinden lassen. Wenn die Gruben voll waren, so würden die Kurgäste gefesselt, geknebelt und nachts bei Sternenlicht heimlich über die Grenze nach Tirol gebracht, um sie an die dortigen Fremdenverkehrsbetriebe meistbietend zu versteigern. Die alten Säcke werden es kaum bemerken, wenn sie in einem neuen Urlaubsgebiet aufwachen, dort auf einem anderen Spazierweg weitergehen, in ein anderes Haus einkehren, an einem anderen Tisch essen. Auch abends, ja sogar nachts passiert immer das gleiche, überall auf der Welt.

So saßen wir am Fluss, der sich glitzernd Richtung Norden schob. Tief wie alte Brunnen waren die Löcher, die wir im Geiste aushuben, während unser Kurgast gemächlich hinter der nächsten Biegung verschwand.

Go West. Billig. Heizöl vom Fachmann. Worte wie auf dünnes, morsches Holz geklebt, Worte zur Tarnung von tiefen Gruben.

Tschernobyl

1986. Irgendwo in der Ukraine ist ein Reaktor explodiert, das haben sie im Radio durchgegeben. Alfredo und ich sitzen am Fluss und denken darüber nach, warum es uns so schwer fällt, etwas Kriminelles zu tun. Ein vorbeigehender Polizist hat uns überhaupt nicht richtig wahrgenommen, er hat nur seine Falschparker im Visier. Auf keinen Fall wird er der radioaktiven Wolke über uns einen Zettel anstecken. Zum Glück sehen wir nichts von dieser Wolke, was wir sehen, ist nur ein schneeweißer Zeppelin, bedächtig schwebt er über unsere Köpfe hinweg. In der ebenfalls schneeweißen Kabine steht der Bundesinnenminister, er lehnt sich zum Fenster hinaus und spricht durch ein schneeweißes Megaphon: „Keine Gefahr für Deutschland, keine Gefahr für Deutschland." Alfredo schreit hinauf: „Hierher, hierher, wir sind eine Gefahr für Deutschland!", doch niemand außer mir hört ihn. Die Dunkelheit der Öffnung, aus der diese Worte zum Innenminister heraufgeschleudert wurden, gleicht dem Gefühl unserer Ohnmacht. Der Schatten des schneeweißen Zeppelins zog unaufhaltsam weiter, die Stimme Friedrich Zimmermanns war bald nicht mehr zu hören.

Wenigstens an dem kleinen Polizisten vor Ort wollten wir Rache nehmen und ihm das wegnehmen, was ihm am wichtigsten war, nämlich die Straße mit den Falschparkern. Wir wollten Straßendiebe sein im eigentlichen Sinn des Wortes, wollten die wichtigste Straße in unserer Stadt über Nacht demontieren und gut verstecken. Am nächsten Tag wird der Polizist dann in eine Verzweiflung stürzen, eine Verzweiflung, die er bei der Explosion von Tschernobyl verpasst hat, er wird mit wirren Blicken von einer Seitengasse zur anderen laufen und in das dunkle Nichts hineinstarren, wie ich in den offenen Mund von Alfredo. Dann wird er panisch die Flucht ergreifen, mit seiner Dienstpistole Löcher in schwarze Autoreifen oder dunkle Fenster hineinschießen, wird über Wiesen laufen und Maulwurfhügel zertreten. In weiche, klebrige, schwarze Maulwurfhügelerde wird er wütend seinen Polizeistiefel hineinstampfen.

Wird ihm aber alles nichts helfen, weil der schneeweiße Innenminister schon lange hinter dem Horizont verschwunden ist. Keine Gefahr für Deutschland.

Bird on the Wire

Die Sonne stand hoch über dem Fluss, Alfredo und ich dösten in der Sommerwärme vor uns hin und träumten vom nächsten Coup. Diesmal wollten wir es mit Wirtschaftskriminalität versuchen, weil Wirtschaftskriminalität im Industriezeitalter die Königsdisziplin ist. Dazu beabsichtigten wir, in die Landeshauptstadt zu fahren, um vor Ort nachzuschauen, wie es in diesen großen Bürohäusern und Banken so zugeht.

Der Wachdienst im Foyer war relativ leicht zu überwinden: „Da, schaun's zum Fenster hinaus, auf dem Busch sitzt ein Vogel!", rief ich. „Wo, ein Vogel?" fragten die Uniformierten, drückten sich die Nasen am Fenster platt und merkten nicht, wie wir im Aufzug verschwanden. So machte unser neuer Beruf Spaß. Der Aufzug war innen verspiegelt, offenbar damit die Menschen glaubten, sie wären nicht so allein. Nein, nein, auf solche Tricks wollten wir nicht hereinfallen, wir wollten wissen, in welchem Stockwerk die Geldwäsche ist. Ganz oben sicherlich, in der Chefetage. Ich drückte auf den Knopf mit der größten Zahl, doch blieb der Aufzug nach wenigen Metern stehen. Was jetzt? Wir als Verbrecher konnten doch nicht den Notruf benützen. Der einzige Ausweg führte – wie in der Wirtschaftswelt allgemein üblich - nach oben. Die Aufzugskabine hatte in der Decke eine Klappe, durch die man im Gefahrenfall aussteigen konnte. Mit einiger Anstrengung gelang uns dies auch und wir standen in einem dämmrigen Schacht. Dort aber sahen wir etwas sehr Ungewöhnliches: ein Mann war an die Aufzugsmechanik angebunden, ein großes Pflaster klebte auf seinem Mund und neben ihm hing schlaff eine Gitarre. Es war eindeutig Leonard Cohen, ohne Zweifel, Alfredo und ich kannten einige seiner Platten. Außerdem hatten wir ihn schon lange nicht mehr im Radio gehört. „Schnell", sprach ich, „wir müssen ihn befreien." Kaum damit begonnen, stand hinter uns der Hausmeister in seinem grauen Kittel. Er hatte sich von oben durch den Schacht abgeseilt, ungewöhnlich sportlich für sein Alter. „Ja Buam, was macht's ihr denn da, ihr könnts doch den Herrn Cohen ned einfach losbinden, wenn der einmal zum Singen anfangt, dann müssn alle im ganzen Haus woana. Und dann bricht die ganze Firma zusammen, weil koaner mehr so weiter machen mag, mit dem ganzen Schmarrn, den ganzen Tag. - Verstehts ihr des, der ganze Schmarrn im Büro wird doch nur deshalb g'macht, weil koaner immer daran denken will, dass er eigentlich nix als woana mag, verstehts ihr des? Naa, des verstehts ihr ned, Buam, da habt's zehn Mark, geht's in Biergarten und kaufts euch eine Maß." Als Alfredo den Schein eingesteckt hatte, zog der Hausmeister eine Zwiebel aus der Tasche, schnitt diese in kleine Stücke und hielt sie Leonard Cohen unter die Nase. „Jetzt muss er a bisserl woana, damit der Aufzug wieder fahrt. Weil ganz ohne Woana geht's halt doch ned in der Welt." Leonard Cohen schniefte ein wenig, blickte uns aus seinen tiefen, dunklen Augen traurig an und begann dann tatsächlich zu weinen. Die Tränen benetzten das Zugseil, flossen daran nach unten bis hinein in die nächste Umlenkrolle und schon wenige Minuten später setzte sich der Lift wieder ordnungsgemäß in Bewegung. Der Hausmeister half uns beim Zurückklettern in die Kabine, im Erdgeschoss waren wieder die Männer vom Sicherheitsdienst, zum Glück aber andere als zuvor. Für den kleinen Vogel, der jetzt tatsächlich draußen vor dem Fenster saß, interessierten sie sich nicht. Wir gingen in den Biergarten und verwandelten unser Geld in wohlschmeckende Nahrungsmittel.

In der Kiesgrube

Alfredo und ich liefen entlang jenes grünlichen Flusses, der die Steine des Karwendelgebirges in das große schwarze Meer hinunterspült und wir waren wieder auf der Suche nach einer neuen Tat.

So kamen wir an eine viel befahrene Brücke und überlegten, ob die klassische Straßenräuberei im modernen Industriezeitalter überhaupt noch einen Sinn hat. Unentwegt fuhren hier Autos über den Fluss, es war eine Umgehungsstraße, zu keiner Zeit gab es die für die Räuberei unerlässliche, heimliche Stille. Wo war diese geblieben? Vielleicht hat die Stille schon ein anderer Dieb gestohlen, ein rücksichtsloser Dieb, der nicht an seine Nachfolger dachte. Vielleicht kassiert dieser Kollege bis heute einen Haufen Geld dafür, dass er diese Stille nicht mehr herausgibt. Käme sie frei, würde die Stille den Lärm auf der Straße hier stark beeinträchtigen und solche Störungen wollen sich die Menschen heute nicht mehr leisten. Also besser eine Art Schutzgeld an diesen Dieb gezahlt, die Stille blieb an einem geheimen Ort versteckt und alle Beteiligten sind zufrieden. Doch wir waren auch noch da, wir wollten auch noch etwas zu stehlen haben. Alfredo schrie mir eine Idee zu: „Wenn die Stille weg ist, bleibt immer noch die Leere. Wir müssen nur diese Leere stehlen, dann sind auch wir richtige Straßenräuber und können dicke Schutzgelder kassieren." Die Leere musste hier noch irgendwo sein, die traurigen und teilnahmslosen Gesichter vieler Autofahrer waren der Beweis dafür. Wie aber diese Leere stehlen? Wir beschlossen, zunächst einmal einen öffentlichen Bus zu kidnappen, da sei meist niemand darinnen, diese Busse müssten daher also voll mit Leere sein.

So marschierten wir am nächsten Tag zu einer alten Kiesgrube, von der wir erfahren hatten, dass dort ein bestimmter Busfahrer immer seine Mittagspause macht. Zeitungslesend saß dieser nichts ahnend im Führerstand seines leeren Fahrzeugs und rauchte Zigaretten. Wir - gut getarnt als harmlose Passanten - gingen auf den Omnibus zu und rüttelten an der Tür. Das heißt, wir haben nicht gerüttelt, denn an einer modernen Omnibustür kann man nicht rütteln, man muss warten, bis der Busfahrer sie von innen per Knopfdruck öffnet. Statt aber dies zu tun und uns unser Anliegen vortragen zu lassen, wie es sich im Falle eines ordentlichen Straßenraubes gehört, wies er mit einer Könnt-ihr-nicht-lesen-Geste auf die große Anzeige über dem Führerstand. Eine Anzeige, die dem Fahrgast für die Dauer der Reise ein kleines Stück Sicherheit geben soll, als wolle sie sagen, seht her, wir alle fahren dort hin, so schlecht kann es an diesem Ort nicht sein. Und zu dieser Anzeige erhoben wir beide unsere Blicke und wir sahen, dass sie leer war, nichts als leer.

In diese Leere blickten wir nun hinein wie in ein großes, schwarzes Meer, eine Leere, die selbst uns als Straßenräuber nicht geheuer war. Wir sahen sofort weg, doch es wurde nicht besser. Je mehr man der Leere ausweicht, um so größer wird sie, darum auch die traurigen Gesichter in den Autos auf der Umgehungsstraße. Die ganze Kiesgrube war jetzt voller Leere, der Busfahrer saugte das letzte Nikotin aus seiner Zigarette, wir konnten nicht mehr ausweichen, wir mussten uns vorstellten, in diesem leeren Bus zu sitzen, ein Bus, der nirgendwohin fährt, wir sitzen nur dumm da und betrachten die Welt vor dem Fenster, betrachten die Wand der Kiesgrube.

Die Kieselsteine werden nach und nach zu Boden fallen, vielleicht nur einer in der Stunde, aber das würde ausreichen, eines Tages sitzt der Bus fest, ist unter Steinen begraben und wir hätten die Leere stehlen können. Leider beendete der Fahrer in diesem Moment seine Mittagspause und ließ den Motor an, mit einer kleinen Handkurbel bewegte er verschiedene Ortsnamen durch die Anzeige über dem Führerstand. Die großen schwarzen Reifen setzten sich knirschend in Bewegung, wir warfen dem Fahrzeug noch ein paar Steine hinterher und kehrten dann zurück zum grünlichen Fluss.

Nächtliche Scheinwerfer

Der helle Vollmond stieg empor und strahlte wie ein großer Scheinwerfer hinab auf das dunkle Wasser der Isar. Dieses Licht konnte
dem Fluss aber nur ein oberflächliches Glitzern entlocken, alles, was
darunter strömte, blieb verborgen, war in noch größere Dunkelheit
getaucht als zuvor.
Alfredo und ich saßen vor dem Einstieg in das unterirdische Kanalsystem unserer Stadt, ein rundes, dunkles Loch, welches uns ebenso
wie ein Scheinwerfer vorkam, nur eben ein Scheinwerfer der Dunkelheit. Aus sicherer Quelle hatten wir erfahren, dass die hiesigen
Geschäftsleute noch vor der ersten großen Gesundheitsreform Ende
der achtziger Jahre - als die Kurgäste noch in Scharen in unsere Stadt
strömten - Unmengen von Goldmünzen gescheffelt hatten, welche
sie nach der politisch veränderten Situation aus taktischen Gründen
erst einmal gut verstecken mussten. Diese Reichtümer seien nun
irgendwo in diesem unterirdischen Kanalsystem verborgen, wir
müssten sie nur finden und heil an die Oberfläche bringen.
Also krochen wir, dem dürftigen Schein unserer Taschenlampen
folgend, in die dunkle Betonröhre hinein. Bereits nach ungefähr
zwanzig Metern schlossen wir vom Klang des Widerhalls her auf
einen größeren Raum. Alfredo hatte einen Onkel im Tiefbauamt und
wusste daher, dass wir uns in einem sogenannten Regenrückhaltebe-
cken befänden. In einem solchen Bauwerk würden sich nach umfang-
reichen Niederschlägen größere Wassermengen ansammeln, die in
ruhigeren Zeiten durch ein relativ kleines Loch allmählich abflössen.
Im Augenblick war jedoch nur wenig Wasser da und wir konnten fast
trockenen Fußes unsere Suche beginnen. Mit Schweizer Taschen-
messern stocherten wir in einem schwarzen, glitschigen Schleim
herum, der eindeutig nach Scheiße roch, Goldmünzen aber fanden
wir nicht. Hatte man uns betrogen? Oder waren andere vor uns da
gewesen? Plötzlich hörten wir aus einiger Entfernung Geräusche,

hörten Menschen, die miteinander sprachen, vernahmen ein entferntes Lachen, und das Klirren von Gläsern. Kalt lief es uns den Rücken hinunter. Es gab da ja diese Geschichten von den Kurgästen, die in den Sechziger- oder Siebzigerjahren im Abwasserkanal wie in einer Notunterkunft einquartiert wurden und zu denen die Kunde der Gesundheitsreform bis heute nicht vorgedrungen ist. Menschen, die fern vom Tageslicht immer noch ausgelassen feierten und sich den gleichen Freuden hingaben, wie dies vor dieser Reform allgemein üblich war. Vergleichbar nur mit jenen asiatischen Soldaten, die sich lange nach dem Ende des zweiten Weltkrieges in unzugänglichen Dschungeln und Gebirgen kampfbereit hielten, weil sie sich noch im Kriegszustand wähnten.

Wir folgten den seltsamen Geräuschen einige Meter, kamen aber deren Ursprung nicht näher, es schien als kämen diese Laute aus einem zweiten Kanalsystem, welches mit dem unseren nur verschlungen, nicht aber verbunden war. War vielleicht auch besser so, wer weiß, wenn schon Kurgäste aus der Geschichte der Stadt hier ihr Unwesen trieben, warum dann nicht auch die Soldaten der SS? Wir lauschten angestrengt, wollten herausfinden, wer da redete, konnten aber die Gespräche nicht verstehen. Schließlich glaubten wir, ein weinseliges Trinklied zu hören. Ein tiefer Bass erhob sich schwankend über die anderen Geräusche, schwoll weiter an und verlor sich dann wieder im Unbestimmten. Von der Decke fielen schwere Wassertropfen auf unsere Köpfe hinab. Wir bekamen plötzlich Angst, dass unsere Schädeldecken hier unten nicht ganz so fest sein könnten wie in der oberirdischen Welt, wir bekamen Angst, unser Leben hier verbringen zu müssen. Nur damit wir hernach sagen konnten, wir hätten etwas Sinnvolles getan, stocherten wir noch ein wenig im schwarzen Schlick herum. Dann gingen wir zurück, ohne Gold.

Beim Ausstieg sahen wir den Nachthimmel, der Vollmond warf sein fahles Licht in die Wellen der schnell vorbeifließenden Isar. Kaum sah man einen Wassertropfen, war er auch schon hinweggetragen, sein Glitzern nur noch ein Licht aus der Vergangenheit.

Plutonium

Breit quoll der Fluss aus dem Lenggrieser Tal hervor, breit, grau und voll mit weißlichem Schlamm. „Eine Überquerung zu Fuß ist bei Hochwasser viel zu riskant," meinte Alfredo, „wir sollten ein andermal trainieren. Ich gab ihm Recht, obwohl wir beide wussten, dass – wenn es einmal wirklich darauf ankäme – es kein andermal gibt. Was war passiert? Nach der Auflösung des Sowjetunion waren die amerikanischen Soldaten auch aus unserer Stadt verschwunden und überließen unseren Behörden ein nicht zu kleines Kasernenareal. Zahlreiche Gerüchte kursierten, was mit dieser ursprünglich im dritten Reich gebauten Anlage geschehen sollte. Gewöhnlich gut informierte Kreise sprachen davon, das es für unsere Stadt ratsam wäre, nach dem Ende des kalten Krieges nun endlich eine eigene Atombombe zu bauen. Weil neue Feinde sind schneller da, als man glaubt. Nach und nach würden auch die Nachbargemeinden darauf kommen und da sei es gut, gleich bei den Ersten mit dabei zu sein, denn es hieße ja immer: „Wer zu spät kommt, den bestraft das Leben." Architektonisch schien es auch sehr passend, inmitten des Kasernengeviertes eine schöne, modern gestaltete runde Abschussrampe für atomare Sprengköpfe zu bauen. Eigentlich keine Schwierigkeit, der Bebauungsplan hätte das leicht hergegeben, Problem war nur das Plutonium. Plutonium ist und bleibt das Wichtigste, ohne Plutonium ist eine Atombombe so wirkungsvoll wie eine leere Schnupftabakdose. Wie aber sollte dieses Plutonium in unsere Stadt kommen? Hier sahen wir unsere Chance, endlich in die Welt des gehobenen Verbrechens einzusteigen: wir wollten uns im Rathaus als professionelle Plutoniumschmuggler bewerben. Natürlich hatten wir keine Lust, so zu arbeiten, wie dies uns die staatlichen Mitarbeiter der Nachrichtendienste vorlebten, wir wollten nicht mit Anzug und Krawatte bekleidet, unauffällig Koffer tragend von einer Linienmaschine zur nächsten hetzen. Nein, wir wollten bei Neumond mit schwarz bemalten

Gesichtern über die Berge klettern und wilde Flüsse zu Fuß durchqueren. Romantisch musste es sein.

Plutonium, schon der Name steht für einen Traum von der Unterwelt. Plutonium, transportiert in einem ganz unspektakulären Rucksack , aus dem zur Tarnung ein kleines Hirschgeweih herausschaut. Mit diesem Plutonium sitzen wir nach einem anstrengenden Marsch in der Berghütte und feiern. Alfredo spielt auf der Diatonischen, ich schlage mit den Löffeln den Rhythmus, und wir singen die schönen bayerischen Lieder vom Wildschütz Jennerwein, der so tragisch von hinten erschossen worden ist. Der Obstler fließt die Kehlen hinunter wie Kühlwasser durch den Reaktor, wir sind glücklich, eine Heimat zu haben, sind glücklich, so in ihr verwurzelt zu sein.

Nun, dieser Traum hat sich nie erfüllt. In unserer Stadt ist die Idee mit der Bombe bis heute nicht realisiert worden, in die halbfertige Abschussrampe baute man nach Änderung des Bebauungsplans Arztpraxen und Apotheken ein. Und mit dem Plutonium sind andere Menschen in anderen Ländern vergiftet worden. Im Fernsehen hat man einen Mann im Krankenhaus gesehen, der keine Haare mehr hatte und sagte, dass er bald sterben müsse. Plutoniumvergiftung. Wenn aber Leute im Fernsehen waren, die eine Atombombe besessen haben, dann haben die nie davon geredet, bald sterben zu müssen und im Krankenhaus waren sie auch nicht, ganz im Gegenteil, sie standen vor prächtigen Gebäuden, erzählten von großartigen Erfolgen, behaupteten, dass sie vor nichts und niemanden zurückweichen würden und alle klatschten Beifall.

Alfredo und ich aber standen an der Isar, damals, als der Fluss Hochwasser führte und wir wichen zurück. Wir verzichteten auf unser Training, wir sahen die tosenden Wassermassen, die schlammigen, reißenden Strudel. Die Isar hatte sogar ausgewachsene Bäume entwurzelt, welche nun hilf- und heimatlos den grauen Fluss hinab treiben mussten.

Der freie Tag

Heute war wieder Montag. Unser freier Tag. Weil einmal in der Woche müssen auch wir Verbrecher uns ausruhen. Selbstverständlich war es Ehrenkodex, dass keiner von uns an diesem Tag irgendwelche krummen Dinger dreht, ohne es den anderen wissen zu lassen.

Alfredo musste zum Geburtstag seiner Oma und ich ging an die Isar, um mir dort die Sonne auf den Bauch scheinen zu lassen. Kaum aber lag ich dort, war ich auch schon eingeschlafen, schließlich hatten wir eine anstrengende Woche hinter uns.

Mir träumte, Alfredo und ich besuchten eine Schule für Kriminelle. Diese Schule war in einer Art Baumhaus hoch über dem Boden. Das grüne Laub tarnte uns gut, gleichzeitig konnten wir alles um uns herum gut überblicken. Die Lehrerin hatte lange schwarze Haare, sprach einen südländischen Akzent und konnte trotz ihres schon fortgeschrittenen Alters mit einer geheimnisvollen Schönheit aufwarten. Diese Frau würde uns sicher alle Finten und Tricks des kriminellen Lebens beibringen. Sie sagte, dass es ganz einfach sei, ein Verbrechen zu begehen, man müsse nur die Wahrheit sagen, und schon stehe die Polizei vor der Tür. Wir warfen uns Blicke des Zweifelns zu. „Ihr glaubt mir nicht?" sprach die Lehrerin, „Dann will ich es euch beweisen: wisst ihr was der Schulleiter dieser Schule ist? Der Schulleiter hier ist ein riesengroßer Depp, er ist ein totaler Hornochse." Sofort kamen von allen Seiten kleine Polizistenzwerge angelaufen, kletterten auf unseren Baum und versuchten in unser Klassenzimmer einzudringen. „Gut, dass es an dieser Schule noch die Prügelstrafe gibt, nehmt eure Lineale und haut den Zwergen ordentlich eines auf die Finger!" Diese Anweisung der Lehrerin befolgend schlugen Alfredo und ich mit großem Vergnügen auf die kleinen Finger ein. Die Polizisten fielen schreiend von den Ästen herunter und liefen jammernd davon. Ein wunderbarer Anblick. Seltsam aber, dachte ich mir noch im Traum, in der alten Schule hat man uns beigebracht, dass man für Lügen bestraft wird und nicht für die Wahrheit. Wenn diese gut aussehende Lehrerin nun recht hätte, müssten die Menschen den ganzen Tag herumlaufen und unentwegt lügen, was das Zeug hält, denn sobald sie die Wahrheit sagen würden, wäre sofort die Polizei im Anmarsch, was ja eindeutig nicht immer der Fall war. Kann es sein, dass sich ein in der Schule gelerntes Gesetz im Laufe des Lebens unmerklich auf den Kopf stellt? Drei mal drei blieb ja auch neun und die Hauptstadt von Italien war immer noch Rom und nicht Palermo.

Möglicherweise haben die Lehrer an den alten Schulen bereits das Lügen eingeführt, nur eben unter dem Deckmantel der Wahrheit, und zwar in dem Sinne, dass eine offizielle Wahrheit nicht von dem, was wir wirklich denken, beschädigt werden dürfe. Oder hatte doch die schwarzhaarige Lehrerin hier auf dem Baum gelogen? Wenn ihre Theorie wahr wäre, hätten ja sofort die Polizisten kommen müssen und nicht erst bei der Beleidigung des Schuldirektors. Ich wollte mir aufschreiben, was ich gerade wirklich gedacht habe, leider war weder mein Füller noch mein Block da. Alfredo schaute zum Himmel hinauf und bezeichnete sich als unschuldig. Zu allem Überfluss schenkte die Lehrerin sodann ihm, diesem ausgekochten Gauner, ein anerkennendes Lächeln. Das war zuviel, ich nahm mein Lineal und schlug meinen Kumpan solange, bis ich aus dem Traum erwachte.

Aha, dachte ich, und das an einem Montag. Schöner Ehrenkodex.

Der gestohlene Regenbogen

Erst als wir die Isarbrücke überquerten, gelang es Alfredo und mir unsere Verfolger abzuschütteln. Um aber vor dem Auge des Gesetzes sicher zu sein, mussten wir schnell den Kalvarienberg hinauf laufen und uns im Dunkel der dortigen Grabkammer verstecken.

Mit Schweißperlen auf der Stirn lehnten wir an der feuchten Wand und versuchten möglichst unauffällig zu atmen, als eine fremde Hand mich von der Seite berührte. Ich schrie auf.

Instinktiv legte Alfredo seine Hand auf meinen Mund, als auch er eine Gestalt erblickte, welche sich im Dunkel nach und nach immer deutlicher abzeichnete. Wir erkannten einen untersetzten alten Mann mit einem ziemlich viereckigen Schädel und Narben im Gesicht, die an altes, wurmstichiges Holz erinnerten. Jetzt schrie Alfredo auf, war aber gleich wieder still, still vor Angst, der Mann könnte ihn mit seiner unappetitlichen Hand berühren. „Seid ruhig, Jungs, ich tue euch nichts", sprach der Alte. „Und verraten werde ich euch auch nicht." „Was heißt hier verraten, woher wissen Sie, dass wir gerade ..." - Jetzt musste ich meine Hand auf Alfredos Mund legen, bevor der Kumpan sich verplappern konnte. „Mein Freund Alfredo wollte nur sagen, dass wir gerade auf einer Reise sind und uns die Schönheiten der Welt anschauen wollen." „Die Schönheiten der Welt?" lachte der Alte, während ich die Preisgabe von Alfredos Namens bereute. „Die Schönheit der Welt, die könnt ihr nicht mehr sehen, die Schönheit der Welt, die gehört nur mir, mir allein. Und wenn ihr mich betrügen wollt, dann müsst ihr früher aufstehen, ihr Naseweise ihr."

Mit diesen Worten setzte er sich auf eine alte Holzkiste. „Was ... was haben Sie da in der Kiste?" stammelte Alfredo. „Ja ha, das werde ich ausgerechnet euch auf die Nase binden, damit ihr krumme Dinger drehen könnt, nein, nein, ich sage nichts." „Na gut," schlug ich mit gespielter Gleichgültigkeit vor, „dann, äh, dann können wir ja wieder gehen." „Genau, dann können wir ja wieder gehen", fiel Alfredo ein und schon schoben wir uns mit dem Rücken zur Wand in Richtung Ausgang.

Der Alte machte zunächst keine Anstalten, uns daran zu hindern und erst als wir schon fast draußen waren, rief er: „He Jungs, stellt euch nicht so an, kommt zurück! Wollt ihr denn gar nicht wissen, was ich gestohlen habe und jetzt in meiner Kiste schlummert? Von mir könnt ihr noch was lernen!" Alfredo blickte mich fragend an. „Also gut, kann nie schaden", murmelten wir und kehrten zurück, um der Geschichte auf den Grund zu gehen.

„Also Jungs,", sprach der Alte, „ihr wollt also wissen, was ich in meiner schönen, großen Truhe versteckt halte?" Wir nickten ängstlich, er wiegte bedächtig seinen großen Schädel. „Es war vor langer Zeit, als Verbrecher war ich damals noch recht grün hinter den Ohren, genau so, wie ihr es heute seid. Der Regen fiel vom Himmel, ich ging mehr oder weniger missmutig über ein abgemähtes Getreidefeld und dachte gerade, wie es sein wird, wenn mein eigener Tod eines Tages so ganz nah ist. Da kam zwischen den Wolken so ein kleines bisschen die Sonne hervor, so ziemlich genau hinter mir und augenblicklich hing ein großer Regenbogen nur wenige Meter vor mir in der Luft. Donner und Doria, schrie ich, so was Schönes habe ich ja noch nie gesehen. Und prompt fiel der Regenbogen wie ein toter Vogel vom Himmel herunter und landete direkt vor meinen Füßen. Das hättet ihr nicht gedacht, was?" Alfredo und ich schüttelten ebenso brav wie ungläubig die Köpfe. „Diesen Regenbogen steckte ich in meinen großen Beutesack. Ganz klar, hier ging es um ein fantastisches Geschäft, das habe ich sofort gerochen. Ich wollte in die nächste Stadt gehen und mir ein dickes Lösegeld ausbezahlen lassen, sonst würde ich den Regenbogen für immer behalten. Schlau, was?" - „Und dieses Lösegeld haben Sie hier in der Truhe versteckt?", unterbrach ihn Alfredo. „Dummkopf!", entgegnete der Alte, „wenn ich das Geld hätte, dann säße ich doch hier nicht in diesem Loch, verdammt noch mal. Also, ich bin in die nächste Stadt gegangen, habe beim Stadtrat angeklopft und gefragt, ob sie nicht einen Regenbogen vermissten. Aber die Herren haben nur gelacht und behauptet, bei ihnen sei immer nur schönes Wetter und es gäbe hier überhaupt keinen Regenbogen. Sie haben noch ein wenig gestritten, wessen Verdienst es sei, dass alles so gut und wunderbar wäre, bis sie sich darauf einigten, dass ich hier nichts zu suchen hätte und mich hochkant hinauswarfen." Wir staunten. „Dann haben Sie in dieser Truhe den Regenbogen eingesperrt?" – „Genau so ist es!", antwortete er in Richtung Alfredo, welcher die Sache als Erster erraten hatte. Ich fragte mich, wie man nur so hässlich sein könne, wenn man etwas so Schönes besitzt. Und als hätte er mich gehört, fuhr der Alte fort: „Glaubt nur nicht, Ihr könntet Euch über mich lustig machen. Mit Euch werd´ ich immer noch spielend fertig. Und ich mag es gar nicht, wenn man meine Geheimnisse kennt." Für einen kurzen Moment schloss er die Augen. „Also ihr beiden, für meinen Geschmack wisst ihr nun eindeutig zu viel über die Sache. Ich schicke euch besser über den Jordan, bevor ihr Unsinn redet."

Er zog ein großes Messer aus seiner Jackentasche und fuchtelte damit herum. Kreidebleich drückten wir uns an die feuchte Wand. „Halt!", schrie er: „ich habe eine bessere Idee, ich sperre euch hier in diese Truhe ein, dann wird euch das Reden schon vergehen und ich bekomme endlich mein Lösegeld. - Also los, worauf wartet ihr noch?" In einem Anfall von Geistesgegenwart warf ich ein, dass wenn er die Truhe öffnen würde, sich der Regenbogen verflüchtigen könnte. Der Alte hielt inne. „Du hast recht Bursche. Lasst mich überlegen. Hm." Wir schoben unsere Schultern schon wieder unmerklich an der Wand entlang dem Ausgang entgegen. "Ist mir alles egal, Regenbogen hin oder her, Hauptsache ich habe euch in der Kiste und ihr könnt keine Dummheiten erzählen. Also los!" Umständlich bearbeitete er mit seinem Messer das rostige Vorhängeschloss, öffnete die Kiste und darinnen lag tatsächlich der Regenbogen. Zusammengeknittert, feucht, schimmlig - aber halt immer noch ein richtiger Regenbogen. Lange blickten wir hinein und schwiegen. Dem Alten wurde dabei wohl klar, was er so lange vermisst und dabei fast zerstört hatte, er wurde sehr traurig und weinte. Das war uns unangenehm, schließlich war *er* doch der erfahrene Bandit und wir die Greenhorns. Wohl um die Situation irgendwie aufzulösen, stellte Alfredo eine Frage: „Sollen wir den Regenbogen zum Trocknen aufhängen?"

Der Alte hörte es, hob langsam seinen großen Kopf und seine Augen begannen dunkel zu leuchten. „Keine schlechte Idee, ihr Beiden ..." Und schon zehn Minuten später hing der Regenbogen über den drei Kruzifixen der berühmten Kreuzigungsgruppe, er flatterte wie eine Fahne im warmen Sommerwind, drei Kriminelle standen darunter und lachten. Beinahe hätten wir vor Freude die Realität vergessen und die herannahende Polizeistreife übersehen, zum zweiten Mal an diesem Tag mussten wir vor der Macht des Gesetzes fliehen. Unseren alten Regenbogendieb stützten wir dabei von links und rechts, denn schnelles Laufen war er nicht mehr gewohnt.

Staudamm

Es war ein schwüler Nachmittag im August als Alfredo und ich in einem kleinem Schlauchboot die Isar hinab fuhren. Die Stelle unterhalb des Kalvarienberges, an der vor einigen Jahren die beiden Ufer des Flusses noch durch eine kleine Fähre verbunden waren, hatten wir bereits hinter uns gelassen. Es galt nun, mit Ausdauer und Ruderkraft einen Stausee zu durchqueren. Etwas Unheimliches ging von der Kraftwerksanlage am Ende des Sees aus, gab es doch einen Ort, an dem das Wasser nach unten verschwand, einen tiefen Strudel, der alles Leben in sich hinabzog, damit es durch dunkle Röhren und Turbinen gepresst würde. Gelangte man in diesen Sog hinein, war es sehr unwahrscheinlich, auf der anderen Seite unversehrt herausgespült zu werden. Fleischfetzen würden übrig bleiben.

Eine junge Frau stand auf dem Wehr. Sie umfasste mit ihren Händen das Geländer und blickte hinab auf das Wasser der anderen Seite, ein Wasser, welches dort wieder Fluss geworden war. Was mochte sie nur in diesem Moment denken? Seit wir in der Schule die Dreigroschenoper gelesen hatten, war uns klar, wie sehr die Frauen am Verbrechen interessiert sind. Träumte nicht Polly Peachum als Seeräuberjenny von dem Schiff mit den acht Segeln und den fünfzig Kanonen, mit dessen Hilfe die Stadt in Schutt und Asche gelegt werden sollte? Und waren nicht alle Verbrecher auf der Welt von zahllosen Frauen umgeben, weil Frauen vom Kriminellen an sich magisch angezogen werden? Der Räuber Hotzenplotz, welcher als Junggeselle lebt, ist eine Ausnahme. Für uns im Schlauchboot stellte sich die Frage, mit welcher Tat wir jetzt aufwarten konnten - nicht jedes weibliche Wesen würde sich mit dem gleichen Verbrechen zufrieden geben wollen. Träumte diese Frau davon, durch ein In-die-Luft-Sprengen des Wehres Wolfratshausen oder gar München zu überschwemmen? Oder würde sie es bevorzugen, heute Nachmittag ihren Klavierlehrer erdrosselt zu sehen? Im echten Leben sind die Dinge nicht so einfach, wie man sich das als Leser von Kriminalromanen vorstellt. Wir hielten auf das Ufer zu, während das Mädchen langsam die Hände vom Absperrgeländer löste und gemächlichen Schrittes über das Wehr ging. Sie hatte bereits das sichere Land auf der anderen Seite erreicht, als unsere Füße beim Aussteigen in das kalte Wasser des Sees eintauchten.

Der Japaner

Lange sind Alfredo und ich mit unseren Ferngläsern auf der Lauer gelegen, bis wir auf der gegenüber liegenden Seite des Flusses neben dem vornehmen Restaurant eine große schwarze Limousine vorfahren sahen. Vier Männer stiegen aus. Jetzt war es endlich soweit, wir würden uns als harmlose Gäste ausgeben und das Gespräch belauschen. Denn nur durch Studium am lebenden Objekt kann man die Feinheiten des organisierten Verbrechens erlernen. In einer unauffälligen Ecke des Restaurants sitzend und Coca-Cola trinkend taten wir so, als ob wir in Wochenzeitschriften blättern würden.

Ein paar Tische weiter speisten die vier Männer, deren Gespräch uns interessierte. Drei von ihnen waren Einheimische und gehörten offenbar der selben Bande an, der Vierte hingegen war eindeutig ein Fremder, dem Aussehen nach ein Japaner. Alfredo bemerkte, dass in diesem Restaurant keine kleinen Brötchen gebacken würden und ich wusste sofort was gemeint war, denn Geheimcodes sind in unseren Gewerbe das A und O. Der Älteste der Einheimischen, offenbar der Boss der Bande, sprach zum Japaner: „Wann sind Sie heute früh aufgestanden?" Noch bevor der Japaner antworten konnte, begann sein Komplize wild gestikulierend zu übersetzen: „Heute Früh. Wecker. Ring-ring. Dann aufwachen. Wie viel Uhr?" Der Japaner antwortete nach einer kleinen Verbeugung: „Das war so etwa um sieben Uhr." Der dritte Einheimische, augenscheinlich der Mann fürs Grobe, schwieg, trank Weißbier und sagte auch während des restlichen Gesprächs kein einziges Wort. Dafür plapperte der Übersetzer um so mehr: „Ich haben immer zwei Wecker. Wenn Stromausfall, dann anderer Wecker Ring-ring mit Batterie!" Der Japaner sah sich zu einer erneuten Verbeugung veranlasst. Ich flüsterte zu Alfredo, der sofort verstand: „Mitsubishi-Aktien fallen!" Am anderen Tisch wurde immer lauter geredet, der Boss sprach zum Japaner: „Wer heutzutage Geschäfte machen will, der muss früh aufstehen." Und weil der

Japaner nicht gleich was zu sagen wusste, sprang wieder der Übersetzer ein: „Du verstehen. Du viel Ring-ring, dann in Geldbeutel viel Money-Money!" Der Japaner verbeugte sich ein zweites Mal höflich und schwieg. Es war offensichtlich, dass ihn nichts Gutes erwartete. Der Dolmetscher erklärte ihm den Sachverhalt mit Händen und Füßen: „Ich früher einmal. Wecker kaputt. Nix Ring-ring. Ich aufwachen. Sonne schon da. Business futsch. Alles futsch. Jetzt immer zwei Wecker ich haben. Ring und Ring." Erneute Verbeugung des Japaners.

Der Boss schlug jetzt mit der Faust auf den Tisch: „Wir müssen mit unseren Produkten aggressiv auf den Markt gehen!" Der Mann aus dem Osten zeigte sein Einverständnis, was aber den Übersetzer erst recht in Fahrt brachte, fast schreiend näherte er sich dem Gesicht des Fremden: „In Japan. Wann aufstehen? Wann du machen Ring-ring? Wie viel Uhr? Wann Ring-ring?" Da sagte der Japaner nichts mehr, sondern lächelte nur noch unendlich gequält. Wir zahlten, verließen das Lokal, wir wussten, was jetzt kam und wollten kein Blut sehen.

Road to Nowhere

Alfredo und ich schwitzten in der Sonne. Vom vielen Steine tragen waren unsere Hände müde geworden. Doch unser selbstgebauter Isarkanal wurde länger und länger, schon bald würde sich das erste Wasser hier seinen Weg bahnen und weiter unten wieder in den Hauptstrom münden. Warum wir das taten? Wir hatten herausbekommen, dass einmal im Jahr die Staatspräsidenten aller führenden Wirtschaftsnationen hier in Nantwein bei Wolfratshausen zusammentreffen, um eine lustige Floßfahrt zu erleben. Insgeheim hofften dabei immer noch Teile der Bevölkerung, dass nach zwei, drei Maß Bier und intensiver Sonnenbestrahlung sich die Weltprobleme bei einem solchem Event quasi von selbst lösen würden. Natürlich war das absolut lächerlich, für uns aber eine gute Gelegenheit zu einer neuen kriminellen Unternehmung.

Wir planten, das Floß in den von uns selbst gegrabenen Kanal hinüberzuleiten, zwei von den Mächtigen zu kidnappen und nach einem schnellen Kleidertausch deren Rolle zu übernehmen. Während die echten Präsidenten dann für ein paar Wochen gefesselt in der Pupplinger Au herumlägen, würden wir als jene Präsidenten verkleidet in Ruhe unseren kriminellen Machenschaften nachgehen können. Wir brauchten dazu nur das zu tun, was ohnehin im Tagesplan der Politiker vorgesehen war, kein Mensch würde etwas merken.

Allerdings waren wir uns uneins darüber, ob eine solche Tätigkeit auch als echtes Verbrechen zählt. Alfredo meinte, ein Staat mache im Prinzip das Gleiche wie ein gewöhnlicher Verbrecher: Menschenraub, Körperverletzung, Diebstahl, Mord. Also zähle dies auch. Ich hingegen war der Ansicht, ein Verbrechen müsse immer gegen ein Gesetz verstoßen. Und für Staaten gäbe es kein Gesetz. Ihnen sei alles erlaubt, zwischen den Nationen herrsche letztendlich immer noch uneingeschränktes Faustrecht. Und wo kein Gesetz, da gäbe es auch kein Verbrechen nicht. Jeder Staat könne vollkommen willkürlich entscheiden, ob ein Mörder einen Orden bekommt oder sich auf den elektrischen Stuhl setzen muss. „Dies ist für einen ehrlichen Verbrecher nicht akzeptabel!", echauffierte ich mich bei 35 Grad im Schatten. Als Antwort legte Alfredo seelenruhig die Schaufel zur Seite, nahm einen Schluck Bier und behauptete, ich sei ein alter Moralist. „So." entgegnete ich, fünf dicke runde Steine gleichzeitig zu Boden werfend, „Ich bin also ein Moralist. Okay. Aber ein Moralist ist immer noch besser als ein Terrorist. Und zwar ein Staatsterrorist!". Alfredo wollte mir gerade erklären, dass ich mich mit dem Staatsterrorismus nur selber widerspräche, als wir beide flussaufwärts ein großes Floß kommen sahen. Scheiße. Wir waren wieder zu spät dran. Jetzt half nur noch ein Überraschungsangriff.

Schnell tranken wir das Bier aus und stürmten in Richtung des herannahenden Floßes. Ohne die Passagiere genauer zu betrachten, stürzten wir uns in die kalten Fluten und schwammen dem Gefährt entgegen. Uns hatte die Hitze des Tages doch etwas zugesetzt, so dass wir nicht in der Lage waren, das Floß von zwei Seiten her einzukreisen, wie das vielleicht vorgesehen war. Es verließen uns die Kräfte und die Passagiere auf dem Floß mussten zwei wasserschluckende Abenteurer retten. Eine peinliche Situation.

Es kam aber gar nicht so schlimm. Als ob es das Normalste auf der Welt wäre, reichte man uns augenblicklich Handtücher und Bier. Wir trockneten uns ab, wir tranken und taten auch sonst so, als gehörten wir dazu, weil das meistens hilft, soviel hatten wir in unserem Leben schon gelernt. Fast alle auf dem Floß waren in unserem Alter, es wurde getrunken, manchmal ein Lied gesungen, von Zeit zu Zeit fielen welche in den Fluss und wurden wie wir ohne großes Aufsehen aus dem Wasser herausgeholt. Peinlichkeit ist halt immer nur relativ, wird bestimmt vom aktuellen Umfeld. Genau wie bei der Kriminalität.

Wir hatten inzwischen herausgefunden, wo wir gelandet waren. Es handelte sich bei diesem Floß-Event eindeutig nicht um das internationale Politikertreffen, sondern um den Betriebsausflug einer niederbayrischen Lehrlingswerkstatt. Es gab nichts mehr zu deuten, es war etwas schief gelaufen. Was blieb uns übrig, als die Sache jetzt durchzuziehen und statt Staatspräsidenten zu spielen, die Rollen dieser niederbayerischer Lehrlinge zu übernehmen? Mit solchen Gedanken fuhren wir die Isar hinunter bis Thalkirchen und betraten dort einen Bus mit Deggendorfer Nummer. Nach der obligatorischen Busfahrerfrage: „Hod a jeda sein Nachbarn?" begann die Reise. Zuerst wurden über Lautsprecher noch Witze vorgetragen, dann brach zwischen den Hopfenstangen der Holledau die Nacht herein. Im Bus wurde es ruhig, später dunkel. Nur die Innenraumbeleuchtung schimmerte grünlich. War das nicht unser Leben? Durch die Dunkelheit fahren, ohne genau zu wissen, wer wir sind, das Ziel nur vom Hörensagen kennend, das Licht des Bewusstseins wie eine kleine Leselampe über uns. Was wäre jetzt anders, wenn wir das Floß mit den Staatspräsidenten überfallen hätten?

„An der nächsten Raststätte", sprach ich zu Alfredo, „da steigen wir aus." Der Lichtschein eines von hinten herannahenden Fahrzeugs umspielte unsere Gesichter, stumm nickte mein Kollege mir zu.

Der geheimnisvolle Steuerprüfer

Als Alfredo und ich wieder einmal im Büro Ordnung machten, fanden wir zwischen vielen kaputten Kartons einen Brief vom Finanzamt, der schon über ein Jahr alt war. Mit dem Schreiben wurden wir aufgefordert, uns zwecks Begleichung von Steuerschulden umgehend bei der örtlichen Prüfstelle für Kleinkriminalität zu melden. Andernfalls würde früher oder später etwas passieren. Was genau dies sein sollte, konnten wir inmitten der vielen Paragraphen nicht ausmachen, es klang aber eher negativ. Ach ja, dachten wir, seit einem Jahr ist so viel Wasser die Isar hinunter gelaufen, da sind wir längst vergessen worden. Doch dann fielen uns die Geschichten ein, die man sich so über die Steuerprüfung erzählte. Ein Kollege hatte einmal von einem wunderschönen Banküberfall geträumt. Säckeweise trug er laut singend Gold, Diamanten und Juwelen durch marmorverkleidete Portale ins Freie hinaus, als er hörte, wie hinter ihm ein dickes Buch zuklappte. Von dieser Störung erwacht, sah er noch im Halbschlaf einen schnell weglaufenden Steuerprüfer, der die ganze Nacht neben seinem Bett gesessen ist und alles haarklein aufgeschrieben hat. Der arme Kollege zahlt heute noch an das Finanzamt seine Steuern für Einnahmen, die er nur im Traum betrachten kann. Ganz klar, auf solche Besuche hatten wir keine Lust und beschlossen daher, die oben genannte Prüfstelle baldmöglichst aufzusuchen.

Schon am nächsten Tag um zehn Uhr morgens trugen Alfredo und ich die gesamten Einnahmen des letzten Monats durch eine breite Glastüre in das Amt. Mit zwei Plastiktüten voller Fallobst standen wir in der Empfangshalle. Angesichts der zahlreichen gut gekleideten und schönen Menschen befiel uns augenblicklich das schlechte Gewissen, viel, viel zu wenig gestohlen zu haben - wir mussten beim Pförtner fragen, ob wir hier richtig seien. Dieser las sich gewissenhaft unser Schreiben durch und schickte uns dann zu einem anderen Eingang, der sich an der Rückseite des Hauses befinden sollte. Wir verließen die Empfangshalle, gingen um das Haus herum und fanden dort tatsächlich eine Holztüre, welche direkt in einen Warteraum führte. Es war ein kleines fensterloses Kabuff, in dem schon ungefähr zehn steuersäumige Kleinkriminelle saßen. Alle hatten ihre Einnahmen mit dabei: ein Sack Kartoffeln, ein Paket Waschpulver, eine Tüte mit Modeschmuck, ein Tennisschläger sowie ein kleines rosa Schweinchen, welches von Zeit zu Zeit ein paar fröhliche Laute von sich gab. Die Menschen hingegen schwiegen, registrierten unser Eintreten nur mit einem leichten Heben der ungewaschenen Köpfe.

Nach zwanzig Minuten fragte ich meinen rechten Nachbarn, warum keiner was sagt. „Psst!", antwortete der: „Der geheimnisvolle Steuerprüfer hört alles." Alfredos linker Nachbar fügte hinzu: „So ist es. Und vielleicht sitzt dieser Steuerprüfer sogar mitten unter uns!" Dabei blickte er sehr misstrauisch auf Alfredo. Auf der anderen Seite des Raumes erhob sich ein glatzköpfiger Mann mit einem Tennisschläger: „Mir ist das egal, ich bin Tennisspieler und in der Zeitung steht, dass Tennisspieler keine Steuern zahlen, ich will mich hier nur abmelden." Allgemeines Augenverdrehen. „So sitzt er hier seit einem ganzen Jahr und sagt immer das Gleiche.", flüsterte mein rechter Nachbar. Der Glatzköpfige hatte das gehört: „Schwachsinn. Wenn man uns Tennisspielern auf dem Finanzamt blöd kommt, dann gehen wir einfach nach Monaco und die Sache ist erledigt!", schrie er und fuchtelte mit einem Zeitungsausschnitt herum, auf dem ein Foto von Boris Becker zu sehen war. Die Frau mit der Modeschmucktüte richtete sich kurz auf, sonst schien sich keiner für den Wimbledon-Gewinner von 1985 zu interessieren. Auch machte niemand irgendwelche Notizen. Wenn der geheimnisvolle Steuerprüfer tatsächlich in unserer Runde war, dann fiel diese Geschichte nicht in sein Ressort.

Wieder einige Minuten Schweigen, abermals nur begleitet vom Grunzen des rosa Schweinchens. Plötzlich ein Schnarchen. Alle blickten auf. Es kam vom Tennisschlägerbesitzer, dem nach der langen Wartezeit die Augen zugefallen waren. Schlafen, nach einem Jahr des Wartens, wer wollte ihm das übel nehmen? Wir vernahmen das Geräusch eines schreibenden Stifts, der Mann mit dem Kartoffelsack hatte ein dickes Buch hervorgeholt. Es war der geheimnisvolle

Steuerprüfer. Und von nun an geschah alles genau wie bei beim Bankraub unseres Kollegen.

Der Steuerprüfer schrieb und schrieb, sein Opfer schlief. Der Tennisspieler wird zahlen müssen, sein ganzes Leben lang wird er zahlen müssen für die Träume in diesen stillen Minuten. Es laufen die Bilder in seinem Kopf, er sieht, wie er die Spielbank von Monte Carlo knackt, er steigt im Fürstenpalast ein und raubt der schönen Stefanie die Halskette. Und für alles wird er zahlen müssen, auch wenn er später - in anderen Träumen – Geld und Halskette nie mehr finden wird. Sogar wenn er sich an das eine oder andere Traumerlebnis überhaupt nicht mehr erinnern können wird, muss er zahlen, denn im feinsäuberlichen Bericht des Steuerprüfers war alles haarklein notiert.

Nach drei Seiten klappte der Beamte sein Buch zu und eilte dem Ausgang entgegen, der Spuk war vorüber. Sollte das die Basis unseres Steuersystems sein? War die Polizei oder gar der Bundestag nur aus Träumen finanziert? Wir ließen sicherheitshalber eine Tüte mit Fallobst zurück, bevor wir uns unauffällig verdrückten.

Ein goldener Kandelaber

Wer rastet, der rostet. Und weil das auch für unser Gewerbe gilt, betrieben Alfredo und ich regelmäßig verschiedene Trainings. Den neuesten Erkenntnissen nach versprachen realitätsnahe Planspiele die größten Erfolge. Finden wir als Einbrecher in einem vornehmen Haus zum Beispiel einen schönen goldenen Kandelaber, so muss dieser in relativ kurzer Zeit durch weitläufige Gartenanlagen getragen werden, was eine gewisse Kondition voraussetzt. Auch sind mitunter gefährliche Beißtiere abzuschütteln und meterhohe Grundstücksumfriedungen zu übersteigen. Wehe dem, der in solcher Lage schlecht vorbereitet ist. Wir nahmen daher ein paar alte Messingstangen, schraubten sie kunstvoll zusammen und schoben das so entstandene Gebilde in einen großen Sack - fertig war das Beuteimitat. Die Rolle des bissigen Wachhundes sollte der Hund von Alfredos Schwester übernehmen, ein wohlgenährter Dackel namens Harry. Freiwillig ging ich als erster an den Start unserer Übungsstrecke in den Isarauen. „Auf die Plätze, fertig, los!" rief Alfredo, drückte auf die Stoppuhr und befahl dem Hund: „Fass!" Ich startete augenblicklich los, während der behäbige Harry sich keinen Millimeter vom Fleck rührte. Alfredo wurde wütend und begann mit einer Messingstange auf den armen Dackel einzudreschen, ich musste den Beutesack zur Seite legen und meinen Kollegen erst einmal beruhigen. Verbrecher dürfen sich schließlich nicht von privaten Aggressionen leiten lassen. Besser hilft der alte Wurstsemmeltrick, da sich auch Hunde durch ausreichende Belohnung zu Handlungen hinreißen lassen, welche sie sonst als reinen Blödsinn ablehnen würden. Mit zwei Scheiben Salami in der Hosentasche begab ich mich an den Start, erneut schrie Alfredo „Fass!" und tatsächlich schnüffelte Harry jetzt eine Weile hinter mir her. Doch schon nach der ersten Biegung hatte ich Harry abgehängt, er wedelte noch ein wenig mit dem Schwanz und trollte sich dann wieder zurück zum Start. Der erste Teil der

Aufgabe war also bravourös gemeistert. Ohne mit der Wimper zu zucken überstieg ich elektrische Weidezäune und durchwatete kleine Bäche. Meine Zwischenzeit war dermaßen gut, dass ich mir noch Geschichten ausdenken konnte, mit denen ich nach meiner Rückkehr Alfredo zusätzlich beeindrucken wollte. Abenteuer mit wilden Brombeersträuchern, neugierigen Polizisten oder streunenden Nacktbadern. Doch auf einmal stand ich an einer Weggabelung, die mir vollkommen unbekannt war. Bullshit, verirrt.

Weil aber Zurücklaufen in unseren Beruf oft mit Gefahren verbunden ist, entschloss ich mich, erst einmal weiterzugehen, irgendwie werde ich mit Glück schon zum Ziel kommen. Anfänglich schritt ich noch leicht dahin, doch schon nach einer halben Stunde drückte der Beutesack schwer auf den Schultern. Die Sache artete eindeutig in Arbeit aus und meine gute Laune war vollkommen verflogen. Also Pause und Hinsetzen. Dabei befiel mich ein seltsamer Gedanke: wie wäre es, wenn jetzt im Beutesack nicht mehr kunstvoll zusammen geschraubte Messingstangen herumlägen, sondern sich darin ein echter goldener Kandelaber verbergen würde? Ein kleines Verwandlungswunder, so quasi als Anerkennung für die von mir geleisteten Dienste. Messing zu Gold. Das würde eine Geschichte im Stern oder im Spiegel bedeuten. Mit einem Schlag wäre ich berühmt und alle Sorgen los. Alfredo würde die Kinnlade runterfallen bis zum Boden. Doch leider tat dieses Wunder mir nicht den Gefallen augenblicklich einzutreten, und nach meiner Rückkehr würde unweigerlich wieder der Alltag warten. Ob Alfredo mit der Stoppuhr noch am Start steht? Vielleicht ist er schon heimgegangen, schließlich muss Dackel Harry rechtzeitig zu Alfredos Schwester zurückgebracht werden. Ich hatte mir das Verbrecherleben anders vorgestellt, irgendwie freier, lässiger. Ob das den Anderen auch so geht, wer weiß? Ich konnte fünfmal in den Sack schauen, jedes Mal waren nur die alten Messingstangen darinnen, natürlich, es war lächerlich und kindisch, von einem Wunder zu träumen. Ich fand mich auf einem Stein sitzend, mit dem Schicksal hadernd und Zeichen in den Sand malend, als schließlich die Dämmerung kam. Ein schwacher Wind durchstrich die jungen Birken, die gelblichen Blätter begannen zu zittern, ein feines Flirren, ein Glitzern breitete sich aus. Ich wollte nach Hause, hob den Beutesack auf die Schultern und marschierte zurück durch die herbstlichen Auen.

Als es dunkelte, folgte ich dem Schein der Taschenlampe, sie war wenigstens echt. Alfredo war nicht mehr zu sehen, nur ein paar Weidenzweige lagen in quadratischer Anordnung am Boden, was bedeutete, dass wir uns morgen im Büro wiedersehen sollten. Bevor ich den Sack der Nacht überlies, steckte ich noch zwei dicke Steine hinein. Am nächsten Tag wird Alfredo laufen.

Liebe

Es war ein lauer Sommerabend als Alfredo und ich uns nach der Arbeit zum Bürofenster hinauslehnten und die Menschen auf der Straße betrachteten. „Schau her, da kommt doch die Dingsda!" rempelte mein Kumpan mich an. Und tatsächlich, sie war es. Die langen blonden Haare glitzerten in der Sonne, ihr Duft war schon von weiten in meine Nase gedrungen. „Der schaust du doch immer hinterher, oder?", grinste Alfredo blöd. Ich antwortete: „Ja, das ist Sabine G. Sie macht eine Ausbildung beim Seifensieder." Und von unserem Fenster herunter rief ich „Servus Sabine!" - „Hallo, ihr beiden!", antwortete das Mädchen, lachte und war auch schon hinter der nächsten Hausecke verschwunden.

Der Wind kam jetzt vom Fluss, tief atmete ich ihn ein. Alfredo kratzte sich nachdenklich am Kopf: „Sabine G., das ist doch die Tochter vom hiesigen Polizeichef, die Sache kannst du knicken!". „Wieso?", entgegnete ich, „Es wäre doch optimal, wenn wir gute Kontakte hätten, dann wüssten wir immer, was sie auf der Gegenseite planen. Wann Razzia ist und so." Alfredo war da anderer Meinung: „So ein Schmarrn. Solche wie die," – und damit meinte er eindeutig Sabine – „die sind mit allen Wassern gewaschen, sie wird *dich* aushorchen und nicht du sie. Sobald du die erste Verabredung mit ihr hast, werden am nächsten Tag die Uniformierten bei uns vor der Tür stehen. Wenn es schlecht läuft, sogar noch vor der Brotzeit!" Alfredo hielt mich also für sehr geschwätzig und traute mir nicht zu, ein guter Agent zu sein. Dabei wusste er doch vom Umgang mit den Frauen genau so wenig wie ich. Agent sein wäre immerhin eine Möglichkeit, den Verbrecherberuf auszuüben und zugleich Sabine G. zu lieben. Ein Versteckspiel, sicher, aber offenbar kann man nicht alles im Leben haben. Möglicherweise müssen wir für die Liebe immer einen Teil von uns verbergen, etwas, das wir danach vermissen. Und um so mehr wir lieben, um so mehr werden wir vermissen.

Was also tun? Ich hatte keine Vorstellung und der schlaue Alfredo auch nicht. Seine Selbstsicherheit wirkte gespielt, als er meinte, man solle sich niemals mit Polizistentöchtern einlassen. In Wirklichkeit hatte er nichts als Angst, er drehte den Schlüssel im Schloss unserer Bürotüre beim Hinausgehen gleich zweimal um.

Die große Versammlung

Jeden dritten Donnerstag im Monat trafen sich alle Kriminellen aus dem Oberland zum geselligen Beisammensein im Schoatenwirt am Isarkai. Dort ist der Fluss zuweilen ein etwas unheimlicher Ort, des Nachts zersplittert das bleiche Licht des Mondes inmitten der dunklen Wellen zu einem fahlen Glitzern und von dem kräftigen Strömen unter der Wasseroberfläche dringt nur ein sanftes Rauschen an unser Ohr. Ein Platz wie geschaffen für die Flucht in die Finsternis im Falle der Störung durch die uniformierte Macht des Gesetzes.

Für Alfredo und mich war es eine Ehre, an einer jener Versammlungen teilnehmen zu dürfen. Alle Ganoven, die in der Gegend Rang und Namen hatten, waren da, es wurde gelacht, gesungen oder ein Vortrag gehalten. Manchmal kam es aber auch vor, dass sich Möchtegernkriminelle in das Lokal einschmuggeln wollten. Scheckkarten-Kurtl kontrollierte deshalb vor der Tür den Einlass. Er saß dort und wenn ihm langweilig war, trommelte er mit den Händen auf dem Tisch herum und versuchte sich an einer damals bei uns noch neuen Form von Musik, dem sogenannten Rap.

Hey Jack, mach den Scheckkarten-Check
Hey Jack, mach den Scheckkarten-Check
Und ist nach dem Scheckkarten-Check,
Deine Scheckkarte weg
Und ist nach dem Scheckkarten-Check
Deine Scheckkarte weg -
Dann war es Scheckkarten-Kurtl,
Scheckkarten-Kurtl,
Scheckkarten-Kurtl Rap.

So war es auch an diesem Abend im späten Oktober, als eine kleinere Gruppe junger Bauern alkoholisiert vor der Tür stand und sich in unsere Versammlung einschmuggeln wollte. Scheckkarten-Kurtl hörte auf zu trommeln und wandte sich den Neuankömmlingen zu: „Was habt's vorzuweisen Buam?" „Wir ham Schlägerei gmacht. Viere liegen heut no im Krankenhaus", entgegnete stolz der Kräftigste von den jungen Männern. Doch Scheckkarten-Kurtl konnte er damit nicht beeindrucken: „Schlägerei zählt nicht, das ist Brauchtumspflege. Was noch?" Die Bauern kratzten ihre Köpfe und schauten sich gegenseitig fragend an. Der Jüngste unter ihnen hatte schließlich eine Idee: „Mir ham Pflanzenschutzmittel gespritzt, oans was ned erlaubt is! Des is guad, oda?". Kurtl begann zu überlegen: „So, so Gift habts ihr gespritzt? Hm. Und was ist mit den Grenzwerten, habt's die auch ordentlich überschritten?" Nichts als peinliches Schweigen bei den Herren im Trachtenanzug. Zur Entschuldigung brachte einer vor: „Wir waren beinah soweit. Aber die ham den Grenzwert im Sommer scho wieder naufgsetzt. Die Soachbrüader die greisligen." „Jawoi, diese Soachbrüader in Brüssel, diese greisligen!", gröhlten die andern im Hintergrund. „Ja mei, beinahe ist auch daneben.", entgegnete Kurtl und ging schnell zur Verabschiedung über. „Also dann: Tschüss die Herren." „Ja dann, Tschüss", murmelten die Burschen und gingen von dannen wie begossene Pudel. Wobei ich jetzt nicht mehr weiß, ob sie wirklich „Tschüss" gesagt haben, Alfredo und ich saßen ja schon drinnen und konnten den Dialog nur aus der Entfernung verfolgen. Ich erinnere mich aber, wie Langfinger-Ludmilla nach dem Abzug der unerwünschten Besucher eine Reihe von Geldbörsen unter ihrem schwarzen Samtrock hervorholte, diese in die dicht gedrängte Menge hinein warf und schrie: „Die Bauern, die ham sowieso nix dabei gehabt!". Alle lachten und freuten sich, dass der Abend so schön begann.

Sodann erhob sich ein älterer Herr mit dunklem Bart und schlug mit einem Messer mehrmals gegen seinen Bierkrug. Im Raum kehrte Ruhe ein. Es handelte sich – so flüsterte man uns zu – um Goldkisten-Johannes, ein Schmuckdieb, der bereits im Ruhestand war und deswegen gefahrlos als Vorsitzender unserer Gesellschaft auftreten konnte. Nach verschiedenen Ausführungen über die allgemeine Wirtschaftslage, sowie der Verteilung von Ehrennadeln an langjährige Kollegen leitete Goldkisten-Johannes zur angekündigten Hauptattraktion des Abends über: Expressionisten-Edi sollte von seinem letzten Beutezug erzählen. Ungeduldig saß dieser bereits Zahnstocher kauend an der Bar herum. Edi war ein Bilderdieb, schmächtig von Statur, mit blasser Haut, fast zittrig in seinen schnellen Bewegungen. Die wirren Haare drückte er mit einer ebenso raschen wie vergeblichen Handbewegung nach hinten und begann dann zu sprechen: „Kolleginnen und Kollegen. Ich habe im Leben schon vieles gesehen. Was aber bei so manchen reichen Lackaffen für Schund an den Wänden hängt, das schlägt dem Fass den Boden aus. Da komm ich rein, Alarmanlage, Wachhund, Perserteppich, alles super, wunderbar, bestens in Schuss. Doch was hängt an der Wand? Nichts als röhrende Hirsche. Das möchte ich ja nicht mal den Bilderschändern unter uns zumuten, da ist mir jedes Messer zu schade!" Allgemeines Klatschen und Johlen, Edis Augen blitzten, er hatte sein Publikum schon so gut wie gewonnen. „Zum Glück leben noch ein paar echte Kunstliebhaber unter uns. Letzte Woche, ich gehe nachts über eine große Wiese, der Himmel sternenklar, da sehe ich so ein kleine, schmucke Villa direkt am Waldesrand stehen. Hole mir den Dietrich aus der Tasche, vielleicht hängen ja im Flur ein paar Drucke vom Beckmann rum. Doch kaum knipse ich im Wohnzimmer die Funzel an, stockt mir der Atem. Wo ich hinschaue, Macke und Kandinsky! Echt gemalt. Mann, ich habe fast in die Hose geschissen vor Aufregung. Schnell, schnell, alles eingepackt, Tragegurt genommen und ab die Post. Wie ich aber bei Mondschein so mit den Bildern auf dem Rücken über die sumpfigen Wiesen stapfe, da frage ich mich, ob hier nicht was faul ist. Solche dicken Fische in dieser lausigen Villa. Ich breite die Bilder am Boden aus und schau genau hin. Mit der Lupe bin ich darüber gekrochen. Sofort habe ich es gemerkt: alles Fälschungen! Und ich, ich buckle mich ab wie blöd, so ein Bullshit!" Wütend trat Edi mit den Füßen an die Bar. „Und jetzt raus mit der Sprache: wer von euch war der Fälscher, wer von euch hat mir den Tag so verhunzt?" Im Saal wurde es still, Edi wischte sich den Schweiß von der Stirn. Irgendwann kam eine Antwort: „Ja mei. Wenn es mir nicht machen, dann wird's im Ausland gemacht. Des sind unsere Arbeitsplätze." Da stieg Blut in Edis Gesicht, übelste Beschimpfungen von sich gebend ging er auf die Bilderfälscher los. „Dreckige Materialistenschweine" und „Kulturschmarotzer" waren noch die mildesten Ausdrücke. Die Zuschauer klatschen laut und feuerten Edi nach Kräften an. Die Bilderfälscher ließen sich das natürlich nicht gefallen und gaben dem schmächtigen Edi gleich ein paar Ohrfeigen, welche das Publikum ebenfalls mit Beifall honorierte. Sofort ergriff Edi den nächsten Stuhl und ging damit auf seine Widersacher los. Sekunden später war im Raum ein Tumult ausgebrochen, Alfredo und ich versteckten uns unter dem Tisch.

Goldkisten-Johannes versuchte die aufgebrachte Menge zu beruhigen, Edi und die Bilderfälscher schlugen weiter aufeinander ein. Als der Bilderdieb schließlich unterlag und der Fortgang seines Vortrags ernsthaft gefährdet war, wurden die Streithähne getrennt. Die Fälscher humpelten zu ihren Plätzen zurück, Expressionisten-Edi lag erschöpft auf einem Tisch. Blut rann aus seiner Nase, fiel auf speckiges Holz und tropfte auf rissigen Boden, im Raum war Stille. Alfredo und ich wagten uns wieder an die Oberfläche, Edi lag auf dem Tisch und erzählte weiter, als wäre nichts geschehen. „Im Mondschein waren die gefälschten Bilder auf der Wiese ausgebreitet. Und wie ich so auf allen Vieren darüber krieche, wird mir klar: genau das ist das Symbol für unser Leben. Wir kriechen auf Dingen herum, die andere für uns gefälscht haben. Alles Lug und Trug. Es gab nur eine Rettung: das Messer herausreißen und die Bilder unter mir zerstören."

„War so vui Arbeit!" raunte ein Fälscher und ein anderer: „Sei staad, du Depp, i wui die Gschicht hörn!"

Edi nahm dies zwar erfreut wahr, ließ sich aber nichts anmerken. „Ich zerschnitt die Bilder, leckte mit der Zunge den Boden, leckte das Gras, die Steine, leckte den Dreck. Weil hinter jeder Fälschung muss es Wahrheit geben."

61

Und er leckte ekstatisch die nackte Tischplatte ab, als wäre das speckige Holz der Quell dieser Wahrheit. Dann hob er ruckartig den Kopf. „Nun, was hatte ich mir da zusammengeleckt, was glaubt ihr?" Weit dehnte sich seine Zunge aus dem Mund heraus. „Gift, Gift und nochmals Gift, Verbrecher haben Gift auf die Wiesen gestreut. Soll das Wahrheit sein? Schöne Wahrheit, sage ich. - Freunde, ich werde diese Wahrheit herauskotzen, hier und jetzt, vor euren Augen." Und Expressionsisten-Edi tat es, er übergab sich mitten im Raum, seine Kotze floss über speckiges Holz, tropfte hinab auf rissigen Boden, das Blut lief weiter aus der Nase, bildete bizarre Muster auf dem Tisch, vermengte sich mit anderen Flüssigkeiten, die Zuschauer schrieen vor Begeisterung - Ende der Vorstellung.

Langsam erhob sich der Star des Abends, wischte sich mit einem Schnupftuch das Gesicht ab und genoss den minutenlangen Beifall. Alfredo und ich waren schockiert, glaubten aber, dass wir ein Stück von der wahren Welt, von der Unterwelt gesehen hatten. Eine Unsicherheit beschlich uns, wie viel wir von dieser wahren Welt überhaupt vertragen können, doch darüber sprachen wir nicht, hofften vielmehr darauf, den Abend nun gemütlich beschließen zu können.

Leider wurde uns das nicht gegönnt. Goldkisten-Johannes schüttelte Edi gerade dankbar die Hand, als Scheckkarten-Kurtl hereinstürmte und schrie: „Alarm, Alarm, nix wie weg, schnell!" Sofort sprangen alle von ihren Stühlen auf und die in der Nähe von Fenstern saßen, öffneten diese. Die Flucht war gut geprobt. Wie Alfredo und ich später erfuhren, waren die berüchtigten Ohne-jeden-Anlass-Schützen die Auslöser der Aktion. Diese Bande überfiel von Zeit zu Zeit unser Lokal und ballerte mit altertümlichen Vorderladern wild in der Gegend herum, was meist kein gutes Ende nahm. In ihrem Selbstverständnis waren sie die wahren Hüter von Recht und Ordnung, in Wirklichkeit suchten sie nur einen Vorwand, um laute Geräusche zu machen. Es ließen sich schon die ersten Schüsse vernehmen, als wir durch die Stubenfenster ins Freie hinaus kletterten.

Schnell liefen wir unseren Kollegen hinterher und waren gerade am Fluss angekommen, als Johannes rief: „Hier rüber, Freunde!" Er watete auf eine Kiesbank zu und sprach dort zu Edi: „Die Reste von den falschen Bildern, schnell!" Expressionisten-Edi holte die zerschnittenen Bilder aus seinem Rucksack hervor. Fetzen von Kubin und Kandinsky. Johannes nahm sie in die Hand und befahl: „Diese Kiesbank soll heute unser Segelschiff sein!" Und als ob es das Selbstverständlichste auf der Welt wäre, nahmen alle ein Stück Leinwand und hielten die traurigen Überreste der Fälscherkunst in den Nachtwind. Alfredo und ich standen staunend auf der kleinen Insel. An Land sahen wir die Ohne-Jeden-Anlass-Schützen, die mit Vorderladern bewaffnet bereits die Kaimauer erklommen. Goldkisten-Johannes gab das Kommando zum Ablegen und wie durch Zauberhand begann sich die Kiesbank aus dem Flussbett zu lösen. Langsam, langsam schwebte sie empor, die gefälschten Gemäldereste blähten sich auf wie Segel im Wind. Unten torkelten indessen die Verfolger hilflos auf einer mit Moos bewachsenen Mauer herum, schimpften oder stießen sich gegenseitig ins Wasser.

Expressionisten-Edi verstand die Welt nicht mehr. Wenn es echte Kunstwerke gewesen wären, dann wäre so ein Wunder vielleicht möglich gewesen. Aber mit Fälschungen? Machte Kunst unter diesen Umständen überhaupt noch einen Sinn? Niemand sprach, der dunkle Herbstwind trug uns über die welken Wiesen. Alfredo und ich fröstelten ein wenig. Goldkisten-Johannes legte seinen Arm um den verstörten Edi, nach und nach verstummten die Geräusche der nächtlichen Stadt, wir waren gerettet.

Isarflimmern

Das Flimmern. Auf dem Fluss. Am Bildschirm. Oder in der Herzkammer. Dieses Flimmern.
Vor dem Fernseher sitzen und Aktenzeichen XY ungelöst anschauen.
Mit Eduard Zimmermann. Daran dachten wir an diesem kalten Dezembermorgen, als wir den Fluss hinaufgingen, ohne ein Ziel zu kennen. In der Stadt war uns der Boden zu heiß geworden. Als Verbrecher hat man nicht nur Freunde, das liegt so in der Natur der Sache. Viele Menschen, die ihre Untaten im Einklang mit dem geltenden Recht ausüben - also zum Beispiel jene, die Hühner in enge Käfige einsperren und sie sonst noch wie quälen - fürchteten die Konkurrenz des echten Verbrechens. Eine Konkurrenz, die hart arbeitet, während andere einfach nur Gesetze befolgen und damit fast mühelos mehr Schaden anrichten. Die Grenze zwischen Ober- und Unterwelt war eindeutig fließend. Wir wussten nicht, wer in der Stadt in der einen oder in der anderen Welt war. Vielleicht waren wir auch nur zu nahe dran, um alles zu sehen. Wie ein einzelner Bildpunkt am Fernsehschirm sinnlos dahinflimmert, viele Punkte zusammen aus der Entfernung betrachtet aber einen Eduard Zimmermann hervorbringen können. Wir mussten Abstand gewinnen, darum gingen wir nah am Fluss das Tal hinauf. Oder machten Rast, um ins Wasser zu blicken. Zwei Stockenten schwammen dort gegen die Strömung an, sie durchdrangen ungehindert die vielen Lichtreflexe. Ob sich dieses Flimmern ebenfalls in ein Bild verwandelt, wenn man nur den richtigen Blickwinkel hat? Leider sind die meisten Flüsse zu lang für das menschliche Auge.
Ich nahm aus dem Rucksack die noch vollgefüllte Thermoskanne und füllte den Becher. Alfredo biss wortlos in sein Leberwurstbrot. Dann gab es noch zwei Eier, gleichermaßen illegal erworben wie hart gekocht. Wir würden eine Weile untertauchen, metaphorisch natürlich. Fast unsichtbar sein, so als Punkte dahinflimmern, vielleicht zu

einem Ganzen gehörend, aber ohne dessen Gesetze zu kennen. In den Weiden hingen noch ein paar Eiskristalle, auch sie glitzerten in der Sonne. Die Erinnerung an das Mädchen, welches beim Seifensieder arbeitete, stieg in mir hoch. Mein Denken, mein Fühlen flimmerte zwischen Freude und Schmerz. Ob auch dieses Flimmern Teil eines noch unbekannten Bildes war? Keine Antwort. Majestätisch stieg die Sonne den Himmel hinauf, Eduard Zimmermann war nirgends zu sehen. Also weitergehen. Vielleicht bis zur Quelle, irgendwo im Karwendelgebirge.

Steckbriefe

Jürgen Reif, geboren 1966, lebt in Bad Tölz.
Im ersten Beruf als Elektroingenieur tätig, arbeitet er außerdem als Autor, Schauspieler und Regisseur.
Theaterstücke: Die Entdeckung der Tölzer Jodquelle (Uraufführung 1990), Der König von Bayern (1991), Schweinsbraten (Uraufführung 1998), Die Zuschauer (Uraufführung 2005), Olafs Gusto (Uraufführung geplant für 2008) - Hörspiele: Garibaldi (1992), Wüstenheimat (1996), Reise zum See Isfahan (2001) - Filme: Das indische Witzbuch (Stummfilm, 1991), Das Leben eines Münchners (Kurzfilm, 1997) - Mitwirkung als Schauspieler bei verschiedenen Laiengruppen und beim Film „Tödliche Verbindungen" (MEKK-Movie 2005) - Diverse Kurzgeschichten, Preis beim SZ-Literaturwettbewerb „Eine Rose ist eine Rose" (2004)

Nurşen Özlükurt, Jg. 1980, in Tegernsee/Bayern geboren. Als Bildjournalistin ist sie in ganz Europa tätig, überwiegend in Deutschland und dem Nahen Orient. Ihre Photographien sind in internationalen Büchern erschienen und in Ausstellungen zu sehen. Mehrere Jahre war sie für die Süddeutsche Zeitung tätig. Als freie Photographin fühlt Sie sich in jedem Themenkreis sofort heimisch, ob Portraits, Stimmungsaufnahmen, Landschaften oder Bildern zu Geschichten. Ihr ist es ein großes Anliegen durch die Photos auf eine Geschichte aufmerksam zu machen, sie zu unterstützen, eine Einheit von Schrift und Bild zu erreichen.
www.ozlukurt.com

Danke

Danke an meine Lebenspartnerin Monica Schild für die dauerhafte Unterstützung. Danke an das Team von O`Sieben, insbesondere an Nurşen Özlükurt, Dagmar Steigenberger und Uli Ertle, welche diese Geschichten ermöglicht haben. Danke an Ulla Haehn und Matthias Walcz für die abschließende Textkorrektur. Danke auch an alle, die bewusst oder unbewusst zum Entstehen dieses Buches beitrugen.

Inhalt